ISBN 978-2-244-49103-5

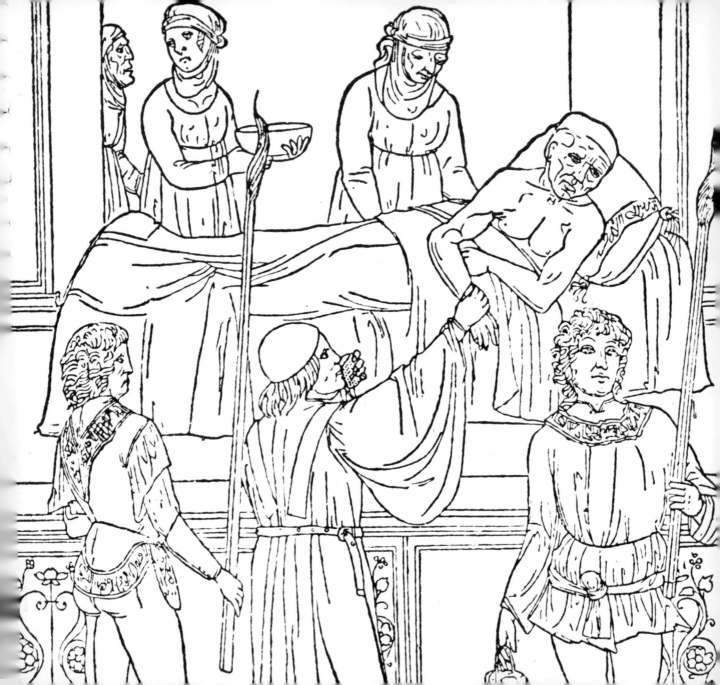

holy days

the **Christian** (KRIS-chen) church was a big part of Simon's life. Everyone, from the peasants to the lords, went to church on Sundays and other holy days.

The peasants worked hard. But they also had fun on holy days. After going to church, they ate, sang, and danced in the village. At Christmas the lord held a feast at the manor and often invited the peasants to come.

 The people of the Middle Ages worked hard in the fields. But on holy days they ate well and had fun.

the church

During the Middle Ages, people relied heavily on church leaders to guide them through life. Church leaders explained the teachings of the church and the way they believed the world worked through stories in the Bible. The church was responsible for the most beautiful art and architecture of this time. The huge **cathedrals** (kuh-THEE-drulz) that were built and the stained glass windows that were made showed how strongly people felt about their religion. The 1,000 years of the Middle Ages were a time in which people knew their place in their community and in the world.

Juliette

va
à l'école

Texte et illustrations de
Doris Lauer

Editions Lito

-Coucou Juliette, debout !
C'est aujourd'hui ton premier
jour à la maternelle.
-Alors tu vas me mettre
ma nouvelle robe bleue ?

Que de monde, devant l'école!
Des papas, des mamans, et des
enfants qui n'ont pas l'air content.

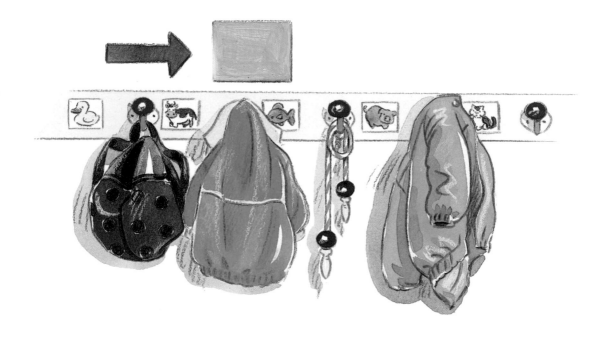

Maman accroche le sac à dos
de Juliette au vestiaire.
-Maman, tu restes encore un peu?

Maintenant, les parents doivent
s'en aller.
-Un bisou, maman...
Encore un sur mon nez!
Nicolas tape des mains et des pieds.

Juliette a envie de pleurer.
La maîtresse vient la consoler
avec une petite marionnette.
-Elle ressemble à ma poupée
Babette! dit Juliette.

Juliette n'est plus triste.
Elle joue à l'artiste.
À la récréation, elle glisse
sur le grand toboggan.

Juliette fait pipi
dans des toilettes mini mini.
La maîtresse dit:
-On va chanter « Sur le pont
d'Avignon ».
Juliette connaît cette chanson.

C'est l'heure de partir.
-Maman, moi je n'ai pas pleuré.
Je me suis bien amusée !
Au revoir, maîtresse, à demain !

www.editionslito.com

Lito
41, rue de Verdun 94500 Champigny-sur-Marne
Imprimé en UE
Loi n° 49-956 du 16 juillet 1949 sur les publications destinées à la jeunesse
Dépôt légal : novembre 2013